夕暮れ注意報

中里 淳子
nakazato junko

夕暮れ注意報

—目　次—

目次

人間交通安全週間　10
社会人のスタート　12
私が仕事を選んだ理由　14
会社マジック　15
時の河　16
とっても忙しかったある夏の日――突然切れた‼　18
反省が足りない‼　20
どっちが迷惑⁇　23
夕暮れ注意報　24
会社帰りのラプソディ　26
捜索願い　28
神様の編物　31

目次

お休みの日のおやすみ　32
お知らせ　34
ジャンクフードな時　36
不幸製造株式会社　38
こかこーら・らいと　40
生きる〝友え〟がほしい　42
悩み事を人に話せますか　44
人体の神秘　46
やじろべえな奴　48
人見知りな心　49
習慣から趣味へ　50
自分への怠慢　51

目次

ジャンケンの歌 52
夢の大きさ 54
光あるところに陰あり 56
チビ黒サンボ 57
お風呂の中の一人笑い 58
雨の日にはみんなで 60
イヤミな太陽 61
鏡の力 63
ココロのコート 64
ラーメン好きな季節 65
乾布摩擦 66
「モモ」を探して 67

目次

お月さま 68
三日月のお月さまへ 70
バランスシート 72
ジブンガーZ 73
どうか甘えさせて下さい 76
旅に出る時の気持ち 78
ズンドコの詩 80
拝啓てれびさんへ 86
最後に 90

夕暮れ注意報

人間交通安全週間

一方通行なんて
人間が勝手に考えたルール

だから　心配なんかしなくていいよ
一方通行の力なんて　ないんだから

一歩下がって見てごらん

ほら
いろんなかたちの矢印が

たて
よこ
ぐるぐる
まわっている
だけど　気をつけて!!
人間関係の交通渋滞は
誰も取り締まれない
交通整理はお早めに

社会人のスタート

スタートラインが違うってことは
遅れをとったってことじゃなくて
目指すゴールがちがうってこと
だったら、焦ることなんかないよね

社会人としての初めてのスタート
桜が舞い散る道を胸踊らせ歩く同期のみんなと

密かに、打ちのめされていた自分
海外研修が決まった人たちは
春休み中にビザの申請書が送られていたという……
ということは
なにも、なにひとつ送られてこなかった私は
ずっと、胸躍らせながら、静かに道から外れていた
みんなのスタートラインが遠く先に見えた四月一日

私が仕事を選んだ理由

人との関わりが
うまくできないから
ちょっとした関わりから
もらった笑顔が
忘れられなくて
こうして
人と関わって
仕事をしています

会社マジック

「会社に行きたくない!!」
って思っていた朝
それでも
何とか　頑張って
いつのまにか
元気になっている
な――んてことも
たまにゃ　ある

時の河

時の河は
穏やかでありながら
流れは速い
日々のちょっとした変化に
流されながら
気づかずに
ある日　突然
ビックリするから

そういえば

子供の時は
一日が　とっても長かった
心のアンテナが
いろんなものに
反応して

とっても忙しかったある夏の日——突然 切れた!!

「今日は暑かった？」
「今日は寒かった？」
「今日は楽しかった？」
「今日は悲しかった？」

「ねぇ　今日はどんな日だった？」

「今日は忙しかった」

……ただそれだけ

ずっと　このまま
21℃の空気の中で
こんな風に過ごすとしたら
とっても　悲しい

夏なんだよ
もっと　汗をかきたいよ

反省が足りない‼

ごめんなさい
ポカをしてしまいました。
皆さんにとっても迷惑をかけてしまいました
ごめんなさい
ごめんなさい
もっともっと
謝らなくちゃいけないのに
私の心は違う気持ちでいっぱいです

ありがとう

ありがとう
ありがとう

皆さんのおかげでなんとか助かりました

私が少しずつ積み上げていった自信は
粉々に砕け散ってしまったけど
そのガレキの中から
人の温もりを拾いました
とってもあったかい

ごめんなさい
それからありがとう

とにかく早く一人前の大人になりたかった
だから必死で仕事を覚えた
自分の要塞を少しずつ築いていくと
いつのまにかいろんなことが許せなくなっていた
そんな時の大失敗

どっちが迷惑??

人に迷惑をかけちゃいけないけれど
失敗したなぁと
しょげ返っている自分は
もしかしたら
一人よがりの一生懸命より
迷惑じゃないかもしれない

迷惑かけてるってことを
知っている点においては

夕暮れ注意報

とにかく
その日がどんな一日であろうとも
夕方になると
何もかも投げ出して
一人でひっそり泣いていたいような
そんな気分になります
人々の笑い声や
話し声が
渦巻く人混みの中へ
入っていくエネルギーなど

どこで使い果たしたのか
いつのまにか消えて
私は人混みを避け
民家の建ち並ぶ裏道を
ポッカリ空いた心の穴に
食べ物を埋めながら
足を引きずって歩いています
この悲しみや空しさが
なにものであるのか
分からないまま
行くあてもなくさまよっています

会社帰りのラプソディ

仕事帰りの一人ぼっちは
淋しいけど
意外と好きです
じわじわと
淋しさと空しさと
一緒に
自分を取り戻せるからです

なぜでしょう？
いつ？

どこで？
私は私で
なくなっているのでしょう？

捜索願い

本屋さんで迷子になりました

淋しくて
空しくて
悲しくて
もうどうしようもなくて

なんとか自分を受け止めて
慰めてくれる
そんな本を探している時でした

だけど
そんな時に限って
私を受け止めてくれるような本など
どこにも見つからなくて
あてどもなくさまよって
そしていつの間にか
薄暗い〝本の森〟に
迷い込んでしまったのでした

どうやら
一方的な探し方は
すてきな出会いをぶち壊すようです
自分の気持ちばっかりの

悲痛な叫び声が
せっかくの本の声を
かき消してしまうので

だってとっても 気分のいい時は
あれもこれもで

神様の編物

私は今神様が創っている
真っ赤なセーターの中にいます
ガータくんと
メリアスちゃんが
いたる所で
出会っているのに
私はひとりぼっち

私の糸が切れたのか
向こうの糸が飛んだのか

お休みの日のおやすみ

今日は誰にも会いたくなくて
　テレビ見て
　本読んで
　ボーッとして
　気がついたら
　お昼寝までしていました。
そうしたら、もう夕方でした。
「エッなにもやってないって⁇」

ほらっ
こんなにいっぱい
やりたいことやってるじゃない!!

というわけで
今日はとっても有意義な一日でした。

お知らせ

皆さんへ

ボウインボウショクは
とってもいけないことだけれど
あんまり悪者扱いしないで下さい
今の私には
ボウインボウショクが
大切なメッセージなのです
不器用な私の

押し殺された心の悲鳴が
やっと伝わってくる
大切なメッセージなのです
これでしか表せなくなってしまった私の
精一杯の不器用を
どうか許してください

ジャンクフードな時

心の飢えを感じた時は
味の薄いものは食べられない

甘いか
しょっぱいか
ただそれだけ

おいしいとか

まずいとか
そういうものが
よく分からなくなる

不幸製造株式会社

心の隙間が気になって
口に出来るもの
何でもほうり込んで
お腹はこんなに膨れているのに
心の隙間は埋まらない

「みんなはどうやって？」

まわりを見渡すと
小さな穴から

かすかな風が
音を立てて抜けていた

みんなが持っている心の換気扇を
自分だけが不幸の穴を空けてしまったと
必死になって埋めようとしていたなんて
情けなくて笑っちゃう

不幸なんて
カンタンに作り出せちゃうものなんだね

こかこーら・らいと

からだのなかに
行き場のないエネルギーがあふれだしたら
私はこかこーら・らいとが飲みたくなる

あのからだに悪そうな色と
機械の錆びたような味と
舌がしびれるような泡が
からだのなかに
すこしずつしみ込んでいくと
私は不良になった気分で

路上に座りこみながら
こみ上げてくるげっぷを待つ

あーっきた！　きた！　げふっ

その瞬間に
からだのなかのもやもやが
ビルの谷間に飛んでいく
たばこも吸えないし
ビールのラッパ飲みもできないけれど

〝自称〟一〇分間 不良のできあがり

生きる〝支え〟がほしい

でも
生きるって
もっと
自然なこと

犬のケンタくんだって
それが何であれ
立派に生きているのだから

じゃあとりあえず

今晩のおいしい夕食のために
あとひと頑張り

これぞまさに
生きる〝支え〟の
安上がり
三分間クッキング

材料のない時
本当に何もない時
便利です

おいしく作ってね

悩み事を人に話せますか

分かってるんだよ
自分がどれだけ甘くて
根気がなくて
とっても矛盾したことを言っているか
ちょっとこぼした愚痴なのに
頭ごなしに怒らなくてもいいじゃないか!!
そんな正論をふりかざされたら
とってもかなわない

だから、悩み事は話せない

人体の神秘

まだ知られざる人体の神秘を
ひとつ教えよう

瞼の奥に
なんと!!
もうひとつの瞳が存在する!!

なーんてうそだけど

だって

目を閉じて
やっと見えてくるものって
世の中に
いっぱい
あるような気がするから
あながちうそじゃないでしょ

やじろべえな奴

不安定な所では
少しずつ揺れながら
うまくバランスとっているのに
まっ平らな所では
小さな風で
パタンと倒れちゃう
そういう性分
あるよねぇ

人見知りな心

また
心が
おしゃべりになった
自分との対話
続けることが
大切だね

習慣から趣味へ

毎日
日記を書いていると
いつのまにか
〝面倒臭い〟から
〝楽しい〟に
変わっていた
たぶん
なんだって
そうなんだと思う

自分への怠慢

なんにも
言葉がでてこない
心が
とっても
にごっている
なんにちも
かき混ぜるのを
忘れたからだ

ジャンケンの歌

グー
パー
グー
パー
グー
チョキ
パー

グーはパーに負けて
パーはチョキに負けて
チョキはグーに負けて

誰の勝ち？

三人よれば負けないよ
それがウワサのジャンケンの国

グッと　握り締めている　その拳を
パッと　離して
チョキ　チョキと　切ってみてはいかが？

夢の大きさ

もし今
毎日の生活の一時一時が
何かの通過点であると
感じてしまっているのなら
とても悲しいと思う
打ち上げ花火のような
人生もいいけれど
その準備の厳しさや孤独に
耐えられない人がいたら
それを

意志が弱いとか
根性がないとか
そういうもので
片づけてしまっていいのだろうか
大きすぎる夢は
時に人を不幸にする
自分に合ってない夢を持っている人って
とっても多いと思う
だって
自分に合っている夢は破れないのだから

光りあるところに陰あり

今私の全身に降り注いでいるその光が
悲しいほどに さらなる大きな陰を生み出した
私がやっと手に入れたその光は
多くの人を日陰にした
どこか知らないところで
何かを日陰にして得た幸せ
眩しいものを
人間が幸せと思っているうちは
全世界が幸せにはならないね

チビ黒サンボ

自分のしっぽを追い回す犬のように
いつまでもいつまでも
グルグルまわって
そのうちだんだん疲れてきて
そしてとってもウンザリして
前向きだけど
なんだか後ろ向き
どこが前でどこが後ろ?
この問題
いつかバターになるといいけど

お風呂の中の一人笑い

昨日はお風呂の中で
ププッと笑ってしまいました
だって
「こうしちゃいけない」とか
「こうすべきだ」とか
気持ちを縛り付けるような
制約は一切やらない!!
と　又　決まりごとをつくっているんだもの
こうやって　何か決めていかないと
なんとなく　すべてが　漠然としていて

とても　前には進めない
自由すぎるってムズカシイ
だって
自分の中に
決まりごとを作りたい気持ちと
ルールに縛られたくない心が
同居しているのだから

雨の日にはみんなで

雨の日も
時にはいいね
涙を流してしまうから
空も街も
みんな泣いている
だから
ひとりぼっちじゃないんだ

イヤミな太陽

晴れの日がつらい時がある
雲一つない青空に
眩いばかりの太陽の光が
しぼみきった私の心に
容赦なく差し込んできて
とても目なんて開けていられない
こんな実直で正義感にあふれた光線は
今の私には耐えられない

鳥も空も街も

みんな楽しそうに
光をはね返しているのに
心の天気と空の天気が
一緒なら良かったのに

鏡の力

誰にも会いたくない日には
鏡を一度も覗かない
どんな醜い顔をしているかと
想像するだけで
そのまま
布団にもぐってしまいたくなる
自分なんて　とっても　好きになれそうもない

ココロのコート

冬が近づくと
心の温度も少しずつ下がります
コートを少しずつ着ていくように
心も少しずつ
暖かくなればいいのだけれど

ラーメン好きな季節

どうして
冬が近づくと
人恋しくなるの
ラーメンばっかり
食べちゃうけど
暖まりたいのは
本当は……

乾布摩擦

今日はあの人のあったかい気持ちが
マフラーになりました

昨日はお母さんのあったかい言葉が
手袋になりました

先に着込みすぎると
寒くはないけど
あったかくはならないよ

心の乾布摩擦だね

「モモ」を探して

心のゆとりって
時間的なものじゃない
心は時間に支配されない
「忙しいなんて気のせいサ」
そんな風に思えたら
すてきだね

お月さま

私はあなたの近くへ行こうと
あてのない旅に出ようとしました

山を登り谷を越えて

でも
ある時私は
偶然見つけました
湯船の中で
ゆれながら映るあなたを

笑顔の中に
すてきな三日月がありました

三日月のお月さまへ

ツンとしていて
お高くとまっている

〝まる〟から
欠けてしまった三日月は
太陽をひがんで
少し卑屈になって

世の中を見下しながら
それでいて淋しくて

そんな三日月が嫌いでした
とっても見ていられなくて

でも
今私は
とってもMOONな気分です

自分の中の三日月を
好きになれたから

バランスシート

孤独を愛する人は
寂しがり屋です
　私も
　自由を愛する
寂しがり屋です
私の体の中に流れる
この動脈と静脈は
私の生命の源です
この二つのバランスこそが
私の生命の葛藤です

ジブンガーZ

自分を信じてないくせに
自分に頼む気持ちが強い

裏切って
裏切られて
うんざりして
むなしくなって
それでも

自分が……

自分が……

自分が……

自分が……

自分が……

自分が……

自分が……

自分が……

どうして？

おしえてよ？

誰にも頼らず
自分一人で
何をそんなに抱え込んで
自分が……
自分が……
ジブンガ……
ジブンガ――

うんざりするほどの自己顕示欲
（マジンガーZに対抗して
自分の中でのみ戦うジブンガーZ
いまだ一勝もしていない）

どうか甘えさせて下さい

何か自分の思い通りにならないっていうだけで
イライラしたりはたまた落ち込んだりするのは
こらえ性のない自分のワガママが
外に吹き出してしまったということに対しての
イラ立ちであり悲しみであった
そんなにも自分の正直な負の感情を許せず
それどころかそんな感情など出してはいけないと
逆に心を固く曇らせて
親にも甘えられず
誰にも甘えられず

自分にまで甘えられず
私はずっと生きてきました

旅に出る時の気持ち

どこか遠くへ行きたい
海か
山か
静かな湖畔か
どこかへ

とにかく
誰も知らない所へ
どうしてそんなに

なにをそんなに
すべてを捨て去りたいほど
多くのものを
背負い込んで

ズンドコの詩

昔見たことがある
なんにもなくて
なんでもある
言葉はあふれているけど
感情なんて存在しない

とにかく
なんでもあふれていて
それでいてなんにもない
おそらく

それがズンドコの世界

あれから私も大人になって
あの時落とした感情が
ほんの少しだけ
戻ってきたけれど
それは
悲しみという名の
空しさに包まれたもの
だったけれども
それっぽっちの感情さえも
感じることすらなかった
あの世界は
まさしく天国ズンドコの国

ブラウン管の中で
ベットの上で
広がって行った
あの世界こそ
おとぎの国ズンドコ共和国
悲しいなんてあるわけない

小学生だったあの頃
放課後までいじめられずに
その日一日を過ごせることが目標だった
決して達成されることのない大きな……

だから毎日達成されることなく
家路につくのだけれど

その帰り道は
そんなに悲しいものではなかった

ただ今日も目標は達成できなかった
というそれだけ

おうちに帰ってホッとする
という家でもなかったから
家に帰るのが楽しみ
ということもなかったし

家に帰ると
テレビの世界に没頭するのと
ベットの上で空想すること
ただそれだけ

別にそれが楽しいと
感じていたからではなくて
なんとなくそれが
習慣になっていたような
そんな感じ

だから楽しいと感じていない分
現実の世界に戻っても
そんなに空しくもならなかった

そして一〇年もたった今
悲しみと空しさで
毎日やるせなくなるけれど
あの時が
悲しいとか
空しいとか
そういうもの
なんにも感じることがなかった
あの時が
一番のどん底だったなぁと
今にして思うのです

拝啓てれびさんへ

急なことですが
これから私はあまりあなたを見ないことにします
なぜならあなたの電源を切ると、よけい悲しくなってしまうから

そんなことは前から薄々気づいていていました

だけれども
独りぼっちで見ていても
まるでみんなとワイワイ騒いでいるようで

学校でいじめられているのに
ドラマの主人公のように人気者で
死んでしまいたいくらいなのに
アイドル歌手のように夢を持っていられる

……そんなあなたとの時は何事にも代え難かったのです
あなたは私を受け止めてくれる
たったひとつの大切なお友だちでした
あなたがいなければ
私は生きていくことができなかったくらい
とても切ない友だちです

でも私はキャッチボールがやりたくなったのです
受けるだけでなく投げる友だちが

突き指したり、ガラスを割ったり
とっても危険だけど
私はとうとう気づいてしまったのです
あなたと同じ世界では生きていけないと

だから
私は友だちを探す旅に出るつもりです
あなたには感謝の気持ちでいっぱいです
夢や希望をありがとう
それはまやかしのものであったけれども
まやかしの世界でしか生きていけなかったあの時は
ひとすじの光でした

でも

とうとう私は旅立つ力を得たのです
どうか頑張れと言って下さい

さようなら

大好きなてれびさんへ

最後に——あとがきにかえて

自己流ながらも詩を書き始めたのは、中学生くらいからだと記憶している。その時はこれからどうしたらいいのか分からなくて、そのうえ「自分がどうしたいのか」ということすら分からなくて途方に暮れていた頃だったから、こんなふうに自分の思いをすらすらと書けはしなかった。

最初は新聞の折り込み広告の裏になんとなく落書きを書き始めて、そのうちポツポツと心に浮かぶ言葉を書いていったのが始まりだった。なにしろ多感な思春期の頃だったから、いろんなものを複雑に取り込みすぎて逆に何も見えなくなっていた。けれどもほんの些細なきっかけから堰を切ったように心がおしゃべりになって、辛辣なこと、汚いこと、親や世間を罵倒したりと、挑戦的な言葉を吐き出していった。紙は見る見るうちに右上がりの攻撃的な字で埋まっていった。

そのうち「おいおい、そんなことばかりじゃないぞ」と熱くなっている自分を見つめる〝もう一人の自分〟が現れてきた。そしていつのまにか、いつもの癖のある丸文字に戻り、違う角度からその思いを見始めていた。それは熱くなっている愚かな自分を諫めたり、説教したりするようなものではなくて、もっとあったかくて、愚かな自分を受け止めながら違う見方を促してくれるもの。ちょっとコミカルで、時には辛辣なジョークで心をほぐしてくれる、そんな〝自分〟。そんな自分と出会えた時、やっと醜い自分を受け止められるようになった気がした。

皆さんも、もし心が澱んでしまったら、ためらわずにぐしゃぐしゃとかき混ぜてみてください。しばらくすると、重たいものがゆっくりと沈んで、少し澄んでくるかもしれません。

二〇〇〇年八月　中里淳子

夕暮れ注意報

2000年10月1日　初版第１刷発行

著　者　中里淳子
発行者　瓜谷綱延
発行所　株式会社文芸社
〒112-0004 東京都文京区後楽2－23－12
電話03-3814-1177（代表）
03-3814-2455（営業）
振替00190-8-728265

印刷所　株式会社平河工業社

ISBN4-8355-0769-X C0092